拯救路易十六

文 王文華

圖 李恩

楔子——

歡迎光臨可能小學

「歡迎光臨可能小學！」

這八個字讓全國各小學沸騰起來。

大家都聽過：在可能小學，沒有不可能的事。

不過，如果你不是可能小學的學生，不可能進得去，因為數學解題大門會擋住好奇的孩子；奇幻的可能車站，地圖上找不到；那些奇特又神祕的課程，學校平時不開放，想上也上不到。

但是，現在可能小學敞開大門，歡迎各小學社團交流，這也太「可能小學」了吧？全國只有六個社團能受邀進入可能小學，誰會是幸運兒呢？

各地的孩子們，日日擠在學校收發室，等著郵差到來。第一封邀請卡落在松濤實驗小學，藍金色的卡片，上頭只有簡單的幾句話：

歡迎光臨可能小學

敬邀松濤實驗小學賽車社，於七月七日與敝校賽車社交流。

可能小學校車將在當日上午七時七分，抵達貴校校門口，歡迎大家來一趟「可能之旅」。

可能校長 賈凡 敬邀

松濤實驗小學賽車社正在研究在南極駕駛的可行性，因此接到邀請，社長帶領社員，駕著保麗龍賽車躍進游泳池，社長說：「我們自己製造賽車，還把冰原當成賽車跑道，可能小學絕對做不到。」

不過，可能小學的火星賽車社很淡定，他們剛與火星太空總署簽下合作意向書，雙方決定將研究結果相互分享，而且他們的研究主題是：「一百零一種在火星賽車的方法」。

一個研究在南極，一個在火星，這樣的交流，格外有意義。

長橋小學的米其林烘焙社也收到邀請卡了，他們沒有大肆慶祝，社長只有帶社員待在烘焙教室，立志烤出讓可能小學相形見絀的蛋糕。

當電視記者衝進長橋小學，麥克風全堵在社長面前，他只說：「我們的蛋糕有六層，每層蘊含一種不可能，紫米做的蛋糕、沒有蛋的蛋糕、臭豆腐榴槤蛋糕……我們想邀請可能小學的烘焙社也來做做看。天下沒有不可能的事，我們雖然沒在可能小學就讀，卻能做出不可能的蛋糕。」

這則新聞振奮了無數孩子，他們多半進不了可能小學就讀，卻都很想打敗這間傳說中的學校。

不過，可能小學的魔法出爐社因此擔心了？害怕了？

魔法出爐社社長只是安安靜靜的從烤箱拿出一個栗子蛋糕，金黃閃耀，香味四溢。

「雖然好吃，這也只是一個栗子蛋糕。」記者們搖搖頭說：「對方有『六層不可能的蛋糕』。」

只見魔法出爐社長把刀往烤箱一切，天啊，烤箱竟然也是個蛋

糕，原來它不但能烤蛋糕，烤完還能切開來吃掉：箱壁是白巧克力蛋糕，烤盤是檸檬乳酪，開關用的是太妃糖。

「這……這怎麼可能？」

社長很客氣的說，沒什麼，沒什麼，因為……

「在可能小學裡，沒有不可能的事啊。」

瑪力優小學堂的化學社極負盛名，他們也拿到邀請卡。為了這趟邀請，瑪力優的孩子集訓一個月，立下誓言，要讓可能小學好好瞧瞧。

可能小學很低調，女巫化學社的實驗室像魔法廚房，有獨角獸的獨角粉、犀牛的鼻涕、長毛象的蛀齒，還有數不完的老鼠尾巴和青蛙痘痘。

記者進不去，他們利用無人機，看見可能小學那些穿著像魔法師的學生，拿著魔杖般的棍子，這裡一點，冒出一串藍色火花，那裡一搖，竄出一股極強白光……

「太不可思議了。」記者寫到最後一句，想想不太對，刪掉重寫：「真是太可能小學了。」

一切的活動，都是這麼「可能小學」，可能小學的賈凡校長卻在校長室裡踱來踱去，邊走邊喃喃自語：「為什麼，為什麼會是他們？」

可能小學有三十六個社團，除了再度神奇桌遊社，其他三十五個都很棒，賈凡校長隨便挑一個，都能惹得世人尖叫。

校長疑惑的是，是誰決定讓那第三十六個社團——再度神奇桌遊社寄邀請卡給芋頭國小？

再度神奇桌遊社，一點也不神奇，他們只有兩名成員，是全校學生都不想參加的社團。

「不可能，不可能，快把邀請卡追回來。」賈凡校長朝著祕書喊時，一個頭髮捲捲的小女生正好衝進校長室，後面還有個男孩。

「校長，您的眼光真好，再度神奇桌遊社不會讓您失望！」她是尤瑩嘉，家裡開桌遊餐廳，重組桌遊社是她的使命，她還有張計畫表，上頭已經勾選不少項目：

- ☑ 師資——找到指導老師成立社團。
- ☑ 社員——至少要有一名社員（史強生）。

☑ 招牌——再度神奇桌遊社。

☑ 開會——選出幹部，制訂年度計畫。

☑ 招社員——用最經典的十項桌遊，拉人試玩，擴大招募社員。

□ 長期目標——社員人數，贏過倒數第二名的奇語花織社。

☑ 燈泡——要買四個省電燈泡。

「校長，謝謝您讓桌遊社去交流，這能讓我們增加曝光度，或許長期目標就快要實現了！」

尤瑩嘉太興奮了，沒注意校長臉色發白：「一定是電腦……或是作業程序出了一點兒……差錯……」

賈凡校長其實想講的是，邀請卡發錯了，他想更改交流名單，讓游泳社去交流……桌遊和游泳聽起來，都有個「ㄧㄡ」。

陪尤瑩嘉來的是桌遊社唯一社員，史強生。

史強生是歷史最強小學生，他向校長補充：「我們社團有個自製桌遊，它叫做『追殺史蒂文生』，插畫呈現的是工業革命那種工業風，它的規則簡單，玩法千變萬化……」

賈凡校長揮揮手，打斷他的話：「剛才芋頭小學校長來電話，他們有二十四個小朋友，每個人都發明一盒桌遊。」

「他們有二十四種自己做的桌遊？」史強生的聲音低了下去。

「校長別擔心，好桌遊，一盒就夠。」尤瑩嘉把「追殺史蒂文生」擺上去：「現在最流行的經典款，像是卡坦島、拉密、德國圍棋，它們都符合這個條件：好桌遊，一盒就夠！」

賈凡校長突然想到：「你們指導老師呢？請他來，我來問問他有什麼想法？」

「我們老師喔……」講到老師，尤瑩嘉看看錶：「他現在正忙！」

他們的指導老師，在學生餐廳烤胡椒餅。他長得虎背熊腰，還好，他的落腮鬍修得很有型，否則怎麼看都像菜市場裡殺豬的屠夫。

而屠夫，不對，老胡這個時間，應該在備料中。

「立刻請他來，我要問問他有什麼想法。」校長說。

兩個孩子跑到餐廳，老胡正在烤餅，忙得全身汗：

「讓校長自己來，這個時間點我走不開，胡椒餅不快點烤出來，怎麼餵飽所有的小孩！」

目錄

楔子——歡迎光臨可能小學 6
一、王后的遊戲盒 22
二、赤字王后 36
三、出發，逃難啦！ 52
四、檢查哨 68
五、雀水農莊 78

六、皇家大馬戲團 90

七、大帝酒店 104

八、他們追來了 116

絕對可能會客室 128

作者的話 138

人物介紹

老胡

學生餐廳烤胡椒餅的廚師，也是夜市兼職賣胡椒餅的大叔，還好他的鬍子修得很有型，不然看起來很像賣豬肉的屠夫，老胡說話像在念饒舌，今年再度被聘為可能小學桌遊社指導老師。

尤瑩嘉

可能小學「再度神奇桌遊社」的社長，家裡經營桌遊餐廳，只要玩遊戲，她每一場都想贏。在她升上可能小學五年級的第一天，她只在乎一件事：加入桌遊社，重新擦亮桌遊社的招牌。

史強生

號稱歷史最強小學生，他也是「體強生」和「美強生」，體育、美術都很強。從小就對歷史著迷，因為歷史社額滿了，在校長的強力介紹下，成了可能小學「再度神奇桌遊社」唯一的社員。

路易十六

法國最後一任國王，國王的興趣是自製各種鎖，法國大革命時，他被限制住所，還被看管。在眾人的協助下，國王一家準備向外逃。不過，即使逃難，國王也有國王的規矩，除了他的鎖，猜猜他還帶了什麼？

瑪麗皇后

法國的王后，法國大革命時，人們傳說她買太多珠寶，送她「赤字王后」的外號。她和國王被軟禁在杜樂麗宮，她是法國的皇后，連逃跑時，都要帶足六個大行李箱，裝滿她的禮服……

弄臣貝洛

貝洛，不是馬戲團小丑，而是國王的弄臣，小丑讓大家開心，貝洛只負責取悅國王，而且他忠心耿耿。當國王被革命黨人看管起來，他組織了「拯救國王小隊」，想救出國王，東山再起。

1 王后的遊戲盒

賈凡校長來了。

中午前的學生餐廳正忙，大鍋轟隆響，小鍋白煙揚，烤爐前的老胡像個國王，一副君臨天下的模樣。只是這個國王汗水不斷滴落：

「校長放心，芋頭小學光臨時，我請他們吃胡椒餅，老胡的胡椒餅，可能小學最有名。」

老胡說話，就像個饒舌歌手，講得又急又快，還押韻。

校長說：「人家是來做社團交流，不是來吃胡椒餅，他們是想看看桌遊社，只是我們的桌遊社，現在……恐怕還不適合……」

「雖然桌遊和胡椒餅看起來不同，其實異中可以求同，」老胡把烤好的胡椒餅取出來，掰開一個，遞給校長品嘗：「老胡打包票，這餅真材實料。」

史強生怕校長沒聽清楚，幫忙補充：「老胡烤的胡椒餅，在可能小學的歷史有八年了，他開店那年，天氣特別寒冷，所以前任校長請他來烤餅給大家吃。」

校長接過胡椒餅，正要吃，但是太燙了，手一鬆，餅還沒落地，老胡順手接起來，校長的哎呀都沒

喊完，餅又被送回到校長手裡，老胡這才說：「您想要交流？我去桌子底下找找沙拉油！」

「沙拉油怎麼去交流？」校長有點生氣。

「別以為我只是廚師一個，當年我爺爺的爺爺去了法國……」老胡從桌下搬出沙拉油：「小心疊好。」

史強生接過沙拉油，一桶桶疊整齊，他問：「你說的法國，是哪個時代的事？」

「清代！」老胡這回搬出盤子，交給賈凡校長，校長只好幫忙疊盤子。

然後是碗，再來是鍋子……

「我們不是來這裡幫你大掃除的。」校長又接過一把老胡琴。

老胡從桌子底下，最後撈出一個沾滿蜘蛛絲和灰塵的盒子，他用毛巾一擦，底下是個精緻華美的木盒，四周刻滿精美的百合花紋，盒上畫了一輛馬車，車子四周裝飾十分豪華。

「別看它舊舊破破的，我爺爺說這是公主的遊戲盒，只是上頭的鎖太獨特，除非把它打破，否則看不到裡頭！」

一聽是個遊戲盒，尤瑩嘉馬上接過去研究。

老胡在旁邊補充：「我這木盒，充滿法式特色，它是宮廷製作，絕不是我在扯，我爺爺

的爺爺胡羅泊說過，國王當年若能金蟬脫殼，追捕他的人也定是無可奈何。」

「路易十六後來上了斷頭臺。」史強生記得這段歷史：「當時是法國大革命。」

老胡開心的說：「你果然是歷史最強小學生，這個遊戲就叫『拯救路易十六』。」

賈凡校長搖搖頭：「一個木頭遊戲盒，救不了這次交流。」他下定決心，要讓游泳社取代桌遊社，他還有個好點子，就讓芋頭小學桌遊社在游泳池邊玩桌遊。這麼不可能的事，只有可能小學才會發生，賈凡校長想到這兒，精神又來了，他站起來，抓著胡椒餅，興匆匆回校長室。

「公主的桌遊？」尤瑩嘉不是普通的社長，雖然不能和芋頭國小交流有點失望，但她更想知道這個法式木盒裡的祕密，她把木盒翻來倒去，嗯，鎖卡得很緊，沒鑰匙，打不開。

「我們可以把它劈開嗎？」尤瑩嘉問。

「劈？它是藝術品耶。」史強生急忙搶過木盒：「你這是野蠻人的建議！」

老胡很大方，答應讓他們把「拯救路易十六」帶回桌遊社：「找祕密、解開祕密，也是一種遊戲！」

回桌遊社的路上，史強生抱著那木盒，邊走邊研究。

木盒上的馬車，用了好幾種木材鑲嵌，馬車上的裝飾那麼複雜，不知道當年是誰花了這麼多功夫做出來？那個鎖也很特別，他用手帕

擦了擦，是銅，四周還有特別的圖案，像是貴族的徽章。

尤瑩嘉打開桌遊社大門，她玩過太多桌遊了，她說：「藝術品不會塞在桌底下，而且和沙拉油桶作伴。」

史強生把木盒放在遊戲桌上，仔細檢查，雖然歷經上百年，盒子很沉重，銅鎖依然堅守崗位，他打不開，他把木盒抱起來搖了搖，裡頭有東西滾動的聲音。

「既然沒有鑰匙，只能破壞它了。」尤瑩嘉準備去找榔頭。

史強生搶過遊戲盒，他捨不得，老遊戲，破壞一個少一個，況且這個盒子製作如此精良，說不定鑰匙就附在盒子上。

「那答案一定就在盒子上。」尤瑩嘉有許多好老桌遊，也都有鎖，她記得那種鑰匙，多半就藏在盒子上，不然很容易被弄丟。

尤瑩嘉看看鎖孔，再把盒子上下左右翻查一遍，鎖孔扁扁的，她又發現馬車旁邊的旗桿有點鬆動，如果能把它搖下來……

她推推那根旗桿，可能時間過久，卡得緊，她再用點力，旗桿被推下來，她試著插進鎖孔，大小合適，一轉，木盒打開了。

木盒裡頭是對稱的兩邊，對開組合成一個像彈珠臺的遊戲，裡面有顆銅球，剛才滾動的聲音就來自於它，右邊盒底標記了「入口」，然後順著一條長廊，可以走到杜樂麗宮，最後左上方的邊境森林寫著「出口」。

整個遊戲臺就是一幅立體的地圖，彎彎曲曲的小徑上，豎起好多小銅釘。上頭有十幾個陷落的黑洞，分別標著巴士底監獄、雀水農莊、蝸牛驛站……，尤瑩嘉一下子就弄懂這遊戲的玩法了：「銅球代

表路易十六國王，他要從入口，經過杜樂麗宮，最後要走到邊境森林。玩的時候，玩家得要小心捧著木盒，讓銅球一路滾動，直到抵達出口，掉進去那些黑洞就輸了。」路徑彎彎繞繞，叉路也多，還要提防陷阱，任何人想拯救路易十六，都要很小心。

「你要先玩嗎？」史強生問。

「我是社長，不跟你搶，你先吧！」尤瑩嘉把銅球放在入口，她正想交給史強生時，一股微弱的電流傳到她指尖。

又來了，又來了，又來了，她看著史強生時，史強生也正望著她，啪的一聲，屋子裡燈熄了，然後是風，不知從哪兒吹來的風，強勁的快把人吹上天的那一種，桌遊社大門緊閉，怎麼會有風？

強風呼啦嘎啦的吹，上下左右胡亂的吹。

時間彷彿過了有一秒鐘，還是十分鐘，就在尤瑩嘉快受不了，大叫著這可怕的風什麼時候會停下來時，風停了。

風說停就停，卻留下尤瑩嘉的聲音。

剛才風勢猛烈，史強生得緊抓著尤瑩嘉，風停之後，他看看周遭，「咦」了一聲。可能小學的桌遊室呢？

他們本來在桌遊社教室裡，但現在他們站的地方，明顯是個大廣場，四周是很高大的建築，天色很暗，應該是晚上，黑漆漆的建築上，有些窗戶亮著燈，燈光不強，還會閃爍，看得出來不是燭光就是油燈。

強風再大，能把教室吹上天嗎？

還是，他們被風帶到這裡來了？

廣場比足球場還大，遠處有人生火在唱歌，聲音不大。

史強生身上衣服變了，他穿著粗布料的襯衫和長褲，尤瑩嘉換成了灰色的長裙：「我們好像穿越了，這回我們要完成什麼任務？」

「拯救路易十六啊。」尤瑩嘉習慣桌遊社的課程，他們曾經玩大航海遊戲，搭十五世紀的帆船；他們也曾經玩過綁架米開朗基羅，去搶救大衛像。這回玩「拯救路易十六」。尤瑩嘉說：「我們要找到杜樂麗宮，那是我們的第一站。」

「所以我們要從杜樂麗宮把國王救出去？」史強生問。

「沒錯，我們要拯救國王，他需要我們幫忙，而且，輕聲細語別緊張。」他們後頭有人，在微弱燈光下，竟然是個身材高大的小丑。

如果不是他們見多了可能小學的課程，在這種地方，三更半夜看見一臉慘白的小丑，誰都會大叫。

尤瑩嘉不會，她滿腦子只想闖關，快點贏：「要我配合沒問題，先告訴我們，你是哪裡的小丑？」

「我是貝洛，不是小丑，我是弄臣，取悅國王就是我存在於宮廷的理由。」貝洛腳步大，他們得小跑步才跟得上：「賈里凡公爵介紹你們來，你們要聽我的命令，現在，先告訴我你們的名字。」

「我是尤瑩嘉，他是史強生，我們都是可能小學的學生，你說我們真的能見到國王？」尤瑩嘉緊跟著貝洛，她有太多問題了：

「為什麼要救國王？他不是國王嗎？」

「這又是什麼遊戲設定……」

貝洛一直要她輕聲，但她一直控制不了自己，直到他們經過一排欄杆。

貝洛停下腳步，突然摀住尤瑩嘉的嘴巴，她正要反抗，貝洛往上一指，那排欄杆其實是長槍，每把長槍上都有顆人頭。

那些頭彷彿正看著他們。

尤瑩嘉想尖叫，幸好，小丑早已摀著她的嘴。

「嘔……」史強生吐了。

小丑輕輕在他們耳邊說：「這就是革命黨人做的好事，要是國王沒被救出去，我們的頭都會被掛在這裡。」

2 赤字王后

聽到「革命黨人」，史強生的腦海閃過「法國大革命」這個詞，他是歷史最強小學生，看了看周圍環境，他判斷：他們真的來到了法國大革命時期，而且是在巴黎。史強生自言自語，眼前這列巨大的建築物，一定是羅浮宮了吧。

不過貝洛糾正他，羅浮宮在另一邊，他們現在要去的地方叫杜樂麗宮，是國王和王后被那些革命黨人指定居住地。
這個宮殿也很大，他們沿著杜樂麗宮的陰影行走，貝洛對這裡很熟悉，時不時帶他們躲過衛兵，還跟他們解釋：

「我不是小丑，我是弄臣，小丑逗大家開心、帶來歡樂，弄臣卻只負責讓國王快樂。」

尤瑩嘉很想知道我們這次的任務細節：「我們要怎麼救出國王？」

「賈里凡公爵沒跟你們說嗎？」

貝洛停下腳步，史強生差點撞上貝洛：「我們連賈里凡公爵都不認識，你是不是認錯……」

「沒有耶！」尤瑩嘉搶過話，她只想儘快在遊戲中獲勝，完成任務，她才不想留在這個有長槍上掛著人頭的年代：「你可以詳細說一

下任務嗎？」

「等等再說，請跟我來！」這支「拯救國王小隊」沉默的前進，他們穿過樹籬，後頭是圍牆，貝洛朝牆上輕輕一推，露出一條狹窄的通道。

這通道很長，貝洛在門邊拿起一盞油燈，帶頭往前走，這裡應該安全多了，他的腳步快了，聲音也大了點。

「宮裡的僕人太有心機，整天向革命黨人通報訊息，要是這次走漏消息，」貝洛停下腳步，眼睛在燈光下閃閃發光：「我們的頭都會被掛在風裡。」

貝洛說話的口氣讓尤瑩嘉想起一個人：「老胡？你是老胡？」

「什麼老胡老虎，快快跟來別耽誤！」貝洛低聲的說。

「我們只是學生，怎麼救國王？」尤瑩嘉說。

「平民的孩子在挨餓受苦，你這上學身分，會讓多少父母嫉妒！」

「我……我也是平民啊！」尤瑩嘉抗議，貝洛好像沒聽見，帶他們走進像籃球場般的大廳，上頭有幾盞水晶燈，雖然沒有點亮，但它們如果全亮，應該會把這間大廳照耀得無比輝煌。

金色的窗框，銀色的家具，它們的線條優美，勾勒出各種美麗的圖案，地毯很厚重，尤瑩嘉覺得自己像是一隻貓，踩上去沒發出半點兒聲音。

紅沙發旁有三個人，一個身材粗壯的女士坐著，還有一高一矮的男人站在沙發邊，高的穿得像隻公雞，全身花花綠綠，矮的年紀大，光禿禿的頭頂，反射著窗外的月光。

長得粗壯的女士開口問：「貝洛，你找我們來有什麼事，王后目前還好嗎？」

「夏奈爾，她當然不好，你少幫她做點衣服，她受的攻擊才會比較少！」

夏奈爾忿忿不平：「少做點衣服？貝洛，她可是個王后啊！」

「革命黨人老是拿這件事到處造謠，赤字王后的名號天天見報！」

「公然說謊！」夏奈爾激動極了：「男人打一天仗的錢，夠王后穿十年的禮服，別拿這個做藉口。」

尤瑩嘉很好奇：「王后到底有多少衣服啊？」

聽到這話，夏奈爾精神來了：「她是王后，要參加各種宴會、典禮、舞會，幾件衣服算什麼。瑪麗王后穿過的衣服，是整個法國時裝界的典範，你也是女人，你懂嘛，女人穿得美，是男人的驕傲！」

「我只是女孩！」尤瑩嘉說。

「到、底、有、幾、件？」貝洛冷冷的問。

「我每個月只幫王后準備十二套國宴裝、十二套夢幻禮服、十二套舞會服裝……」

史強生眼睛睜得大大的：「一個月三十六套新禮服？」

「她是王后，每個月三十六套禮服算什麼呢？對法國王后來說，一件禮服重複穿兩次是多大的恥辱。造反的人不懂流行、不懂美，他們整天談革命，卻不知道真正該被革掉的是他們那一身醜得毫無品味與美感的穿著。」

尤瑩嘉的媽媽也愛買衣服，可是王后才一個人：「她穿得完這麼

多衣服嗎？」

「王后一天到晚要接見來賓、參加宴會，」夏奈爾掰著手指頭數算，「宮廷有舞會，貴族有餐會，更別提各式各樣的參觀、拜訪，三十六套禮服還有點勉強呢！」

「有道理耶，這樣好像不太夠！」尤瑩嘉說。

「夏奈爾，我記得你向總管要的錢，可不只那一點點。」

「當然啊，除了禮服，王后還得添購不同的睡袍，那是晚上穿的，還要準備各種晨服，那是早上起床穿的；我們也要幫王后縫製搭

配禮服的花邊手絹、大披肩、小披肩、各式帽子、大衣、腰帶、手套、長筒襪、配件……，工作看起來很多，但是你們別擔心，我的工作室，幫王后籌組了一支服裝大軍，不管是設計、裁縫或管理，都能讓她隨時隨地展現最美的那一面。因為王后美麗的臉龐代表法國的面子啊。」

「法國的面子，現在被人民關在杜樂麗宮裡。」貝洛說。

夏奈爾比了個手勢，讓史強生幫她拉出一個衣架，上頭有幾套衣服：「我帶了最新設計的禮服，就算王后被迫待在監牢裡，也要用美美的衣服來鼓舞自己，對吧，萊亞？」

原來那個瘦高的男人叫做萊亞，他身上的色彩太多了，衣服是紅的，褲子是藍的，頭髮染成紫色，灑了金粉，皮鞋是銀的，襪子是綠

的，他身上香水味太濃，尤瑩嘉連打三個噴嚏。

「沒錯，除了衣服，王后也需要髮型來武裝鬥志，」萊亞從口袋裡掏出一把梳子，用誇張的手勢比劃著：「王后的頭髮現在誰去梳呢？沒有萊亞的手藝，她頂著難看的頭髮怎麼對抗命運啊？王后在哪裡？貝洛，我應該去幫幫可憐的她！」

「你幫她做的髮型三尺高，革命黨更討厭她，說她像隻花枝招展的烏鴉！」

「他們害王后，我可沒有。」一直沉默的光頭老人說：「我只是個小商人，盡心盡力為王室工作。」

「格拉夫，你別太客氣，若不是你的珠寶，王后更能少受攻擊！」

原來那老頭子是個珠寶商人，他打開手裡的木盒，在微弱燈光下，成串的鑽石項鍊，在昏暗的光線下，依然有奪目的光芒。

格拉夫說：「她是王后，她的珠寶箱裡，永遠要準備最新、最美、最好的指環、手鐲、冠冕、寶石和數不清的鞋扣，即使是扇子上鑲的鑽石，也必須比其他貴婦多更多。」

「戴那麼多寶石，她不嫌重嗎？」尤瑩嘉問。

「她是王后。」格拉夫慎重的說：「如果不能買進更多漂亮更貴重的寶石，又何必當王后呢？」

貝洛哼了一聲：「就是你們這樣昧著良心，害她背著赤字王后的污名。」

「赤字？我做生意，從不讓王后為了買它們為難，我給她最有良心的折扣，讓她賒賬，即使王后欠再多的錢，我也從不向她催討。」

尤瑩嘉眼睛亮了：「完全免費嗎？我可不可以要一串，送給我媽媽當母親節禮物？」

「我們小本經營，免費可不行。王后可以賒賬，因為節儉的國王，會悄悄派人送錢來結賬。」格拉夫從木盒裡挑出一串項鍊：「小姑娘，這串天鵝的眼淚適合你的臉型，一口價，十萬里弗爾，你沒錢無妨，我的店裡少了個女僕，只要你來服務六十年，就能戴著它直到地老天荒。」

趁著尤瑩嘉試戴項鍊的空檔，夏奈爾問：「貝洛，你找我們來，難道是王后又要辦宴會了嗎？我手上有幾套適合的禮服。」

「王后要重出江湖？」萊亞眼睛都亮了：「歐洲皇室有不少新髮型正在流行，我幫她做，保證王后一出場，宇宙轟動！」

格拉夫突然轉頭搶回尤瑩嘉脖子上的項鍊：「我有非洲剛切割好的鑽石，王后……」

「沒有宴會，更沒有舞會，」貝洛制止他們：「革命黨人的禁令不知道哪天才能作廢！」

「她還不能出來？沒問題的，我是她最好的朋友，我可以去陪她聊天。」夏奈爾說。

「既然你是她最好的朋友，你一定要幫她逃走。」貝洛從旋轉樓梯邊拉出一個大袋子：「因為你們貪婪的手，讓她被冠上『只圖享樂的洛可可皇后』惡名！」

「我……我只是個髮型設計師。」萊亞退後一步。

「情勢如此危急，王后需要你助他們一臂之力。」

「我能做什麼呢？」萊亞苦笑著：「難道要我用梳子幫她對抗革命黨人？」

貝洛把袋子打開，裡頭全是衣服：「希望諸位發揮所長，幫助國王一家逃離巴黎。」

萊亞問：「國王在杜樂麗宮住得好好的，為什麼要離開巴黎？」

「那裡四周全都是革命黨的人，整天被人嚴厲監視，這種生活是國王和王后應該過的嗎？離開巴黎，鄉間有很多擁護國王的人，而王后的哥哥——奧地利大公的軍隊也在邊境。」

「他們要怎麼離開這裡啊？」萊亞質問：「外頭全是革命黨的人，不管是士兵還是平民，他們大多擁護革命。」

「這就需要諸位大展長才了，」貝洛把史強生和尤瑩嘉拉到大廳中央：「請幫他們改變造型，將他們打扮成王子和公主。」

「我們？」史強生嚇一跳：「我是王子？」

「如果我們被革命黨人發現了，必要的時候，你們必須……」

「犧牲？」尤瑩嘉退到史強生後頭：「我不要！」

「這可由不得你了。」貝洛的手像鐵錮，緊抓著她，一手攫起格拉夫的鑽石項鍊：「謝謝你帶來的過路費！」

格拉夫想把項鍊拿回去，貝洛卻把他推開：「你從王后身上拿走多少錢？王后若是被判刑，法國人民會饒了你嗎？」

「那王后呢？」夏奈爾躍躍欲試：「我可以把王后打扮成落跑教母，國王變身逃難君主，你們覺得這個想法好不好？」

貝洛搖頭：「你只需要把他們變平凡，不管是走在巴黎或鄉間，不會有人多看他們一眼。」

「好主意，好主意。」萊亞開心的說：「尊貴的國王成了凡人，而王后變成路人，他們這種天生尊貴的氣質要怎麼遮掩呢？旁人我不知道，但對萊亞來說，這完全不成問題。」

史強生悄悄在尤瑩嘉耳邊說：「他們想拯救路易十六，就和那盒公主的遊戲盒一模一樣。」

「你是說，我們正在玩遊戲？」

「不，我們正在參與國王的逃難計畫。」

瑪麗王后是誰呢？

瑪麗王后像

傳說故事

- 莫札特六歲時，到奧地利皇室演出，忍不住向她求婚。
- 傳言農民吃不起麵包時，她竟說：「他們為什麼不吃蛋糕呢？」（這應該是憤怒農民捏造的。）
- 她被行刑前，不小心踩到劊子手的腳，立刻說：「真對不起，我不是有意的。」

本名

瑪麗．安托瓦內特（Marie Antoinette）

存歿

1755 ～ 1793 年

身分

- 原本是奧地利公主，後來成為法國的王后。
- 1792 年法國大革命後，王后身分被廢除。

喜好

- 喜愛首飾、珠寶、宮廷生活、花園和舞會，有「赤字夫人」之稱。
- 她最愛洛可可風，也被稱為「洛可可皇后」。

家庭成員

- 十四歲時嫁給法國國王路易十六。
- 生下了兩位公主，以及兩個王子。

3 出發，逃難啦！

照著貝洛的計畫，萊亞幫史強生戴上假髮，絲質長褲外頭套上一件短裙褲，再加上花式翻領的襯衫，最後加上一件金絲銀線織就的華麗外套。

尤瑩嘉則被帶到另一個小房間，那裡已經有個金髮的女孩了。夏奈爾朝她飛奔過去，行了個禮：「公主，夏奈爾好久好久沒看見你了。」

公主後退一步，她的臉上有點雀斑，個子比尤瑩嘉還高：「這麼醜的小孩要假扮成我？」

「是啊是啊，這是貝洛的計畫，他說這叫什麼調虎離山……」夏奈爾一邊說，一邊幫公主穿上灰灰暗暗的衣服，另一邊又把公主身上拿掉的行頭，一件一件往尤瑩嘉身上套。

尤瑩嘉的頭髮被梳高了，腰被束緊了。接著，再套上一件超長蓬蓬裙，戴上薄面紗，長袖手套，戴上耳環、項鍊、王冠和手鍊、戒指……

「這太重了！」尤瑩嘉抗議。

「這就是我的日常，而且，你還沒有拿花呢。」公主說到這兒，頑皮的把廳旁的花朵抽起來，交給尤瑩嘉：「這樣就像樣多了，『公主殿下』！」

假王子和假公主被帶回原來的大廳，史強生一直抱怨那頂假髮太大，隨時都會掉下來。

尤瑩嘉要他閉上嘴巴，因為她不斷踩到裙腳，還要隨時抓好手裡那束花，她捨不得丟掉，因為那是公主親手交給她的啊。

他們就這樣一路跌跌撞撞下了樓，走過一條長長的走廊，又穿過四間大廳，來到一處幽暗的出口，門邊有輛兩匹馬拉的馬車，地上堆滿箱子。

尤瑩嘉太興奮了，一不小心腳踩到裙子，人向前一撲，幸好有隻手及時抓住她，那是個睡眼惺忪的中年人。

「你要抬頭挺胸，別走太大步。」旁邊有個頭髮亂成一團，穿著素色長裙的婦人說：「你要演公主，嗯，還少一雙高跟鞋！」

「王后，您別為難她了！」夏奈爾在旁邊說：「她這種平民，沒受過皇家訓練。」

她是王后？尤瑩嘉腦裡轟的一聲，真正的王后？剛剛大家在討論的那個法國王后？

夏奈爾把一個男孩塞進她懷裡，男孩五六歲，睡得正熟：「這是……」

「小王子。」夏奈爾說。

「那他……」史強生舌頭都快打結了，他看著那個板著臉，看起來像是個起床氣很重的中年人。

「法蘭西的國王。」貝洛指揮他們：「你們可以向他行禮，一般平民對國王的規矩。」

尤瑩嘉的腰被勒得太緊了，根本無法敬禮，史強生則是一手護著假髮，才能勉強向國王鞠了個躬。他本來想行童軍禮，但不知道這個年代的人懂不懂，他想，那鞠躬應該大家都看得懂吧？

國王不在乎禮節，他穿著舊舊的襯衫，臉色鐵青，他只在意：「我現在穿的是車伕的臭鞋子？」

貝洛想扶他上車：「這身裝扮就對了，您現在就是一個平凡的車伕，沒有半點兒特殊。」

但國王更不滿意了，他不想爬上那輛只能容納兩人的小馬車：「即使離開王宮，我們一家人也要坐在一起。」

貝洛勸他：「短暫的分離，是為了永久的相聚。」

「根據法蘭西王室神聖的規矩，就算是逃難，」國王的不滿已經達到最高點：「王室的成員，不能搭這種車。」

夏奈爾也在一旁建議：「他們是國王和王后，國王得有國王出門的規矩。」

「這是逃難，不是出門玩！」貝洛幾乎快哭了。

「沒錯，我是國王！就算是在逃難！」國王加重語氣。

貝洛低頭喪氣走回黑暗裡，不久，駕著一輛駿馬拉的大馬車出來，它就像童話故事裡的南瓜車，隆重走到大家的面前。

這輛馬車和公車差不多大，四周用金箔裝飾華麗的紋飾，刻著史強生見過最複雜的圖案。

國王滿意了，他爬上馬車，喊了一聲：「箱子！」

貝洛要史強生來幫忙，把一個箱子抬進車裡。

那個箱子裡全都是鎖頭、松鼠、天鵝和小天使。他交代史強生：

「這是國王的寶貝，別弄丟了！」

逃難的國王，帶的竟然不是鑽石、王冠或黃金？

「這些鎖全是由國王自己打造。」貝洛還說：「國王的手藝高超，他甚至還改進斷頭臺的構造！」

「這真是讓人『驚奇』的嗜好。」史強生實在找不到更好的形容詞了。

「陛下，您現在要假扮成車伕！」貝洛把國王扶到前頭：「這兒才是您的位置。」

國王不斷嘟囔著，不知在抱怨什麼，王后也被安排在前面。

「直到安全離開巴黎之前，危險都還在，所以要先委屈您當車伕太太了。」貝洛一邊跟王后解釋，一邊指揮四個孩子上車。尤瑩嘉抱著王子，史強生扶著公主，紛紛上了車。但王后還有意見，她跟夏奈爾還在選衣服，車頂已經綁了四個大箱子了，她依舊擔心衣服不夠。

「她是法國的王后。」夏奈爾跟大家解釋。

最後王后終於妥協了，她委屈的「只」再加選幾十件衣服，衣箱從四個變成六個。

萊亞爬上馬車頂，幫忙綁緊那六箱衣物，夏奈爾和格拉夫陪著搬運成套銀製餐具、各種口味旅行乾糧、各地區乳酪、國王專用旅行馬

桶，還有半個酒窖的酒，紅酒、白酒，成打成打的搬上車。

「從現在起，」貝洛叮嚀史強生和尤瑩嘉：「你們是王子和公主。」

「是『假的』。」真公主在一旁補充，她身上的衣服有股霉味：「我不喜歡這件衣服。」

「出了巴黎，就是自由天地。」貝洛催促大家：「我們再不前進，就會引來士兵了！」

夏奈爾拭拭眼角的淚，追在王后身邊，一直提醒她：「藏紅色的禮服等典禮時穿，白色小禮服要搭雪白圍巾……」

王后點點頭，萊亞則趁機再幫王后調整一下頭髮：「再會啦，我的落難王后。」

一旁的格拉夫不忘提醒貝洛：「如果那些珠寶沒用完，記得送回小店。」

國王可沒空理他們，他雖然扮成車伕，座位旁還是有一瓶紅酒，接著他又摸出兩塊乳酪，斜睇著眼說：「好啦，終於要離開這個討厭的地方啦。」

馬車廂外表大，裡頭擠，因為堆滿食物和器具，尤瑩嘉被那件蓬蓬裙困住了，一旁的公主還拿著一個木盒，不斷問她玩不玩。木盒裡是一副棋子，黑白兩色，盒子裡縱橫交錯的格線是雕刻出來的，線與線交會的點刻了凹洞，石頭雕的棋子，擺在上頭不會移動，應該是專為旅行而製做的……

「雙人版的跳棋？」尤瑩嘉問。

公主點點頭：「玩不玩？」

「當然！我是尤瑩嘉，玩什麼都是贏家。」她歡呼一聲，向公主問清楚玩法，嘿，果然和她平時玩的跳棋差不多。

史強生抱著小王子，看兩個小女生廝殺。尤瑩嘉很會下跳棋，但沒想到公主更厲害，玩兩盤她贏兩次。公主覺得尤瑩嘉太弱了，轉頭問史強生玩不玩。

「我還要再玩一次。」尤瑩嘉從沒敗得這麼慘過，她搶過棋盤，重新布局，突然，砰的一聲，好像什麼東西敲中馬車。

史強生探出頭去，他發現街道上方全是晒衣竿，有一根特別低的竿子敲中王后的衣箱。

這條街道狹小，街上氣味嗆鼻，一股混合了尿液、屎味與陳年腐爛食物的味道飄過來，史強生建議貝洛：「你應該找條大馬路走啊。」

「走這裡，才不會被盤查。」貝洛說到這兒，另一根特別頑強的晒衣竿擋住他們的車子，貝洛喊了聲「駕」，那些白馬一用勁，有個衣箱掉到地上，箱蓋彈開，裡頭的衣物散落，夏奈爾精心收拾的大禮服、小禮服、幾套洋裝全掉了出去。但馬車沒停，畢竟這是逃亡。

史強生爬到車頂把剩下的衣箱綁好。

國王生氣了，衣箱掉落時，他的酒杯震了一下，大半的紅酒潑在他的襯衫上。他氣得喝掉剩酒，嘴裡念念有詞：「討厭的巴黎，骯髒的巴黎，我再也不想看到你。」

這個巴黎，和史強生從網路上認識的巴黎不同。他知道的巴黎，有迷人的香榭大道，高聳的巴黎鐵塔，名牌精品店，莊嚴的教堂，還有充滿了思古幽情的建築。而眼前的巴黎，又黑又髒又舊又臭，簡直像貧民窟！

他爬回車廂，搖搖頭：「這裡不是巴黎吧！」

「這裡當然是巴黎，」國王又哼了一聲，「住滿了窮鬼，不知感恩的平民，還有那討人厭的巴士底。」

「巴士底？」史強生覺得這名字好熟悉。

「監獄！」貝洛正用衣袖把臉上的妝擦掉。

他指著前面黑黝黝的龐然大物：「前年七月十

四日，暴民占領巴士底監獄，他們搶走武器，高呼革命口號。沒錯！就是那個敢和國王士兵對抗的巴士底監獄！」

法國大革命
發生了什麼事？

事件經過

國王祕密召集軍隊進入巴黎，因而引發暴動，群眾占領巴士底監獄。

市民自組國民會議，發表《人權宣言》。

國民會議仍採取君主立憲制，奉路易十六為王。

發生時間
1789～1799年。

法國人民推翻路易十六，並成立共和體制。

逃亡插曲

路易十六企圖逃往奧地利。

新改組的國民公會將路易十六以「通敵罪」處死，改國體為共和。

最終路易十六與瑪麗皇后雙雙上斷頭臺。

起因

法國連年參戰，導致國庫虧損。

國王路易十六召開三級會議想加稅。

平民代表趁機要求制定更公平憲法。

4 檢查哨

馬車剛經過巴士底監獄不久，速度慢了下來，貝洛低聲的說：

「有檢查哨！」

「怎麼辦？」史強生探出頭問。

「見機行事，還能怎麼辦？」貝洛說。

眼前這個檢查哨只是橫擺著幾根木頭，旁邊有人生了火，天氣這

麼冷，那些人全圍著火堆取暖，看見他們的馬車來了，那些人持刀荷槍的站了起來，尤瑩嘉暫時放下跳棋，偷瞄了一眼，那些人身上穿著軍裝，像士兵，只是年紀都很輕。

帶頭的士兵特別凶：「你們要去哪裡，車上是誰？」

貝洛陪著笑臉：「我載著小主人返鄉，這種天氣鄉下比較涼！」

「主人？」那個士兵立刻提高聲音：「經過革命，法國不再有階級了，人人都是自由、平等的，為什麼還有人奴役你們，他們不是主人，你更不能當僕人，這是個自由平等的國度，沒有階級！」

這個士兵很愛說話，一說就是一長串。

尤瑩嘉聽了半天，發現他說來說去就是什麼自由，什麼平等，她還在想什麼時候這場自由平等演講會結束時，車廂的門被人粗暴的拉開，幾個士兵站在車門外，用槍對著他們：「下來，你們這兩個不平等分子。」

「我們……」史強生本來想解釋，看到自己身上服裝，這才想起來，他和尤瑩嘉已經被打扮成王子和公主，身上穿著貴族的服飾，難怪士兵會這麼凶。

這就是貝洛的計畫？讓他和尤瑩嘉代替國王他們一家人？

史強生還沒動作，公主站起來，抱走小王子，她還催促尤瑩嘉：「你快下去！」

「我？」尤瑩嘉覺得很受傷，剛才她們還一起玩跳棋。

「快下來。」那些士兵也在下面催。

史強生很不情願，尤瑩嘉躲在他後頭大叫：「我們……我們又不是貴族。」

「動作快點！」士兵根本不理會。

史強生沒辦法，他走到車門口，居高臨下，這輛馬車比士兵高，他差點被一根低垂的晒衣竿戳到。

這排居民樓黑壓壓的，至少有五、六層樓高，每一層都有根晒衣竿，有的衣服還沒收，黑夜裡也看不出來，到底有多少竿子。

「快點下來！」士兵們包圍著馬車，催著他。

「下去？」史強生看著他們，又往上望了一眼，他突然有個念頭。他是可能小學體育最好的小學生，眼前這些晒衣竿就像是撐竿跳用的竿子。

如果他可以……

史強生試拉了一下，咦，那些竿子出乎意料的有彈性。他把竿子拉彎了，本來他只是想著：或許可以試試，於是他雙膝微往下彎，腳底一用力，嘿，他彈起來了，他趁勢把手伸長，往上一抓，握住另一根竿子。

「你在做什麼，快下來！」那些士兵氣急敗壞的吼著。

「我才不要下去。」史強生又往上一跳，留著士兵們在底下哇哇大叫。

其中一個士兵也學他，拉著竿子跳上來，只是他太重了，竿子斷了，史強生在上頭聽到那個士兵的慘叫聲，伴著其他人驚訝、怒罵的聲音。

「你再多練幾年再來吧！」史強生趁著底下大亂，快速的往上攀爬，有幾個士兵也爬上來了，史強生想把腳下的竹竿踢掉，一開始他沒踢準，試了幾次，終於把竿子弄掉了，接著又踢掉一根，一時間，紅白藍黃的衣服和竿子，還有他頭上的假髮，對，那頂又大又醜的假髮，全掉落在街道上。

「你們爬不上來了吧？」史強生開心的說。

十幾個士兵在底下比手畫腳，幾個士兵吊在半空中，還有些士兵衝進這棟樓裡，砰砰啪啦，他們的腳步聲，伴著公寓居民被驚醒的尖叫，聽起來格外恐怖。

「駕！」馬車突然狂奔，尤瑩嘉和公主沒坐好，兩個人都跌進那堆食物山裡。

貝洛利用這空檔，趕緊駕著馬車走了。

雖然有兩個士兵發現了，他們想追上來，但來不及，於是拿著槍，開始射擊，砰砰砰砰的聲勢驚人，有顆子彈射進車廂，幸好子彈被食物山擋著，只射破幾瓶紅酒，濺得車廂裡一片水花，小王子也被驚醒了，他年紀小，哭得地動山搖，讓馬車在疾駛之下，又增加許多戲劇效果。

尤瑩嘉嚇死了，她看過那些長槍上的人頭，如果被那些革命黨人抓到的話……她急忙要求自己甩開那些念頭，努力想著怎麼把這場桌遊玩完更重要。

八匹白馬跑起來，氣勢洶洶，沒人攔得住，士兵們追不上，憤怒的再放了幾槍，深夜裡的槍響，還有火花，尤瑩嘉嚇得和公主抱在一起，隨著馬車轉彎東倒西歪。

馬車正繞著這片房子行走，轉了一個大彎後，遠遠可以看到有一個人從半空中，吊著晒衣竿，一盪一盪落下來。

「那是你朋友。」公主大叫，她又和尤瑩嘉同一陣線了，她朝著貝洛大叫：「如果來得及，就去救他吧，如果來不及，就算了！」

黑暗中，雖然看不清楚那個人是誰，但是看他的身高和身影……

「那是史強生？」沒錯，真的是史強生。

史強生跑到公寓屋頂，繞到另一邊，發現馬車正在轉彎，他根本沒空想，抓著另一根晒衣竿，就這樣盪下去。直到貝洛的馬車經過，他兩手一放，人就這樣輕巧的回到馬車上。

「咻！砰！」

屋頂上，也有士兵爬上去了，他們跳不下來，瞄準了半天，擊出的最後一發子彈，恰恰打在王后的衣箱鎖頭上。

啊，那個鎖頭像是完成最後的使命一樣，它彈開來，箱蓋則被風吹開。

一道日光，恰好從地平線升起，就照在王后的大禮服、晨袍和披肩上，它們就像是在旭日中得到了自由般，全在風中飛舞……

三級議會是什麼？

三級會議現場

介紹

法國的舊制度，當國王有重大決策或是需要援助時，會召集全國人民代表開的會議。

會議時間

不定期。

參加人員資格

- 第一級為神職人員：人數不多，不用繳稅。
- 第二級為貴族：可擔任重要官職，不用繳稅。
- 第三級為平民：人數最多，負責生產，需要繳稅。

著名會議

- 1302 年，腓力四世為了解決與教廷的衝突，以及向教會增稅，因而召開第一次三級會議。
- 1789 年，路易十六因王室財政困難而召開最後一次三級議會，此次會議導致法國大革命。

會議表決方式

每個階級代表各自有一票。

表決時，一二級通常可以反對第三級平民的提議。

三級會議被推翻原因

平民不滿，舉行國民會議，並爆發革命，要求人人公平納稅。

5 雀水農莊

馬車好像走到郊區了，再也沒人攔下他們，車廂搖搖晃晃，就像在河中漂盪的一艘船。國王和王后都回到車廂裡，尤瑩嘉把礙手礙腳的蓬蓬裙脫掉，換上原本的裙子，她的眼皮越來越重，越來越重……

「哈哈哈哈！」

尤瑩嘉被一陣笑聲吵醒，她走下馬車。貝洛和史強生正在路口警

戒著，而國王和王后坐在臨時搭好的餐桌邊，公主正追著小王子跑，笑聲來自他們。

這裡很開闊，放眼望去，全是葡萄園，葡萄架子隨著大地起伏，不遠處有個農莊，這應該是他們的葡萄園，這個季節，天氣暖和，葡萄葉子卻是乾枯的，沒有任何結果。

「我在凡爾賽宮裡也有個農莊。」王后心情好像很好，她繼續說著：「我喜歡大自然！」

「那是我送給王后的。」國王喝掉杯裡的酒，又倒了一杯：「她把宮殿改成樸素的農莊。」

「我一向不喜歡太奢華的東西啊。」王后站了起來，走向那座農莊。公主與王子、國王全都跟著她，他們手牽著手，一家人和樂融融

的樣子，就像是普通的人家，尤瑩嘉追上去，加入王后探訪大自然的行列。

史強生站在路口，他沒跟上去，他和貝洛負責守衛工作。貝洛說，危險還沒過去，即使像王后那麼堅強的「男人」，也需要人保護。

「男人？貝洛，你說錯了吧？她是個美麗的阿姨耶，比我媽媽美麗一百倍。」

史強生笑了出來。

「錯了，錯了，王后骨子裡，其實是個真正的男人！」貝洛補充：「前年革命爆發，國王和王后當時還住在凡爾賽宮。十月有上萬個婦女徒步二十公里，走到凡爾賽宮。」

「上萬個？」

「她們都是婦道人家，只想要幾塊麵包養家，想想這些女人並不可怕，只要國王命令一下，他的侍衛就能把她們統統趕回家。」

「難道他沒下令？」

「那天大雨不斷的落下，婦女全被雨淋得溼答答，雖然國王有時間可以調集人馬，他卻什麼命令也沒下，直到群眾包圍城下，國王依舊沒任何指示。」

「什麼都沒做？」

「那天深夜，全身溼答答，沾滿泥巴的婦女衝進王宮，逼著王室成員走到陽臺上，她們說，大家都想看看他們。」貝洛說。

「這些人不懷好意啊！」

貝洛嘆了口氣：「整個皇宮，只有王后敢走出去，她站在陽臺，堅定的看著大家。我還記得那天，當她一現身，滿場鴉雀無聲，那時就有人說，王后是王室裡唯一的『男人』，只有她敢獨自面對革命軍

分子。」

貝洛說到這兒時，王室成員正穿過葡萄園，他喊了一聲：「糟了！農莊裡有其他人。」

尤瑩嘉在王后旁，一邊觀察葡萄園，想著不知道多久沒下雨了，葡萄園的地面都龜裂了，褐色的土地，走過會揚起土粉，卻看到王后搖搖頭：「這戶人家的佣人真不認真。我的農莊地上都是乾乾淨淨，連片落葉都沒有，我教過他們，這種泥土地，要先用鵝毛掃帚把泥砂掃乾淨，再用羊毛毯擦拭地面，這樣地面會呈現一種金屬光澤，那是一種美。」

王后說到「美」時，一隻營養不良的母雞蹣跚的走過他們面前，小王子想追雞，公主拉著他，不讓他去，公主告訴尤瑩嘉：「王后媽

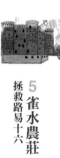

咪養的雞都有名字，鴨都穿著背心，每天還有人幫牠們洗澡，整理羽毛，這裡的人沒有好好照顧動物。」

「他們的植物管理員也該換掉，你們看，那些菜長得太小了。」

王后很自豪的說：「我的每一棵蔬菜都是藝術品，每一顆水果也像寶石，因為我的僕人很認真，天天擦拭它們，這才能提升生活品味！」

「親愛的，你放心，鄉間的百姓，都是支持王室的子民，我會派人來教育他們，讓鄉村生活裡有藝術，藝術裡有生活。」國王正在發表長篇大論的時候，農莊傳出一陣狗吠，幾個衣衫襤褸的人拿著鋤頭，帶著狗走過來。

「你們的馬車，為什麼停在雀水農莊的葡萄園裡？」

「這些土地都是法蘭西王國的，我是……」

國王正想說出他的身分，貝洛已經趕來了：「他是我們的主人，我們要走了，不好意思！」

「你們是哪裡來的人？該不會是從巴黎來的吧？」那些農民語氣充滿懷疑。

「還是想偷摘我們的葡萄？該結果的季節，卻碰上連年的乾旱，我告訴你們，」穿著圍裙的奶奶問，「雀水農莊裡，沒有麵包，沒有任何東西好偷了。」

「偷麵包？」國王不以為然，「我有乳酪，也有乾糧……」

「乳酪，這年頭怎麼可能還有乳酪？」老奶奶笑著說：「乳酪是做夢才夢得見的好東西，這種苦日子，誰家有乳酪可以吃啊？」

「貝洛，去拿點麵包和乳酪來，我今天要讓老奶奶像做夢一樣，

過一天好日子，對了，也帶幾瓶紅酒來！」

一聽這話，農莊裡傳出一陣歡呼，年輕力壯的男人，全跟著貝洛去馬車搬東西，老奶奶拉著王后和國王走進農莊。

王后是溫柔的，她牽著老奶奶，給她建議：「你們的動物管理官該換一位了，那條狗多久沒洗了？還有麵包裡頭如果放點乾乳酪，風味會更好。」

老奶奶搖搖手：「什麼管理官？雀水農莊裡我說了算，狗哪需要人幫牠洗啊，牠自己會跳進河裡洗澡。只是這兒太久沒下雨了，別說狗髒，連我都快一個月沒洗澡了。」

說到雨，他們正好走到井邊，國王對他們的灌溉系統很感興趣，他繞著一口井，試著轉動取水的裝置，再趴下去研究它怎麼運作：

「我下回會派人來，幫你把這個取水轉軸修改一下，這太費力了。」

「這附近人家都這麼取水的啊！」老奶奶看著貝洛拿過來的食物，她驚呼一聲：「天哪，真的是乳酪，松露、茴香、藍莓和羊乳口味，唉呀，我的上帝啊，我不知道有多久沒吃到這些好東西了，自從前年人家說什麼巴黎弄革命，弄得大家人心惶惶。不知道我們親愛的國王現在好不好，那些城裡人就是愛作怪，你們看，麵包連年上漲，我家葡萄園今年的收成是沒指望了……」

「所以你們是支持國王的？」貝洛小心的問：「你們是保皇黨？」

「什麼黨不黨的？沒有國王，這法蘭西還像法蘭西嗎？」

老奶奶的話讓國王好開心，特別讓貝洛去拿他做的小狗鎖頭送給老奶奶：「老人家，你如果有什麼傳家寶貝，就用它替你看守，沒人偷得了。」

「寶貝？我的寶貝不就是你們嗎？」老奶奶喝了一些紅酒，臉全都紅了，她樂呵呵的說，「我就把你們鎖在這裡，在雀水農莊做永遠的客人。」

「鎖在這裡，好啊好啊，我可不想再回什麼巴黎去……」國王開心到忘了自己的行程，貝洛和史強生得用力拉著他，才能把他從老奶奶身邊拉開。

而王后……

尤瑩嘉發現，王后即使坐上馬車，她還在展現一國之母的風範，苦口婆心勸著依依不捨的農民：「你們要記得幫蔬菜修剪，蔬菜才有精神，這塊農地配色也不行，全都是綠色植物太單調了，可以添點兒紅蘿蔔，加點兒黃茄子，我改天帶園丁來幫你們。」

馬車跑太快，王后的話，只有那條愛上她的大狗聽得清楚，牠像個認真的學生，直追著他們到葡萄園盡頭。

6 皇家大馬戲團

尤瑩嘉找到桌遊社的第三個成員了——公主。

公主不但愛玩遊戲，而且比她還厲害，馬車上有撲克牌，滑順紙質，手繪圖案，果然是皇家用品，跟她見過的完全不同。

不過，撲克牌材質不是重點，而是公主很會用它玩遊戲，無論是抓鬼、比大小、猜數字，樣樣在行，對了，她還會用撲克牌變魔術。

一副撲克牌在公主手上，至少能玩出數十種遊戲，她真的比尤瑩嘉還厲害。

而且，公主很會講解規則：「國王爸比上班回來就很累，王后媽咪去舞會，我的弟弟什麼都不會。」

公主好像跟貝洛學了饒舌歌的本領，講話也是押韻連連。尤瑩嘉建議她：「你來我家住好了，我家有間桌遊餐廳。」

尤瑩嘉想好了，如果有可能，她要把公主偷渡到現代，她可以住在桌遊餐廳裡……不知道公主能不能打工，不然她就可以邊打工，邊讀書，對了，她還能來可能小學當桌遊社的社長……

「我當副社長就好了。」尤瑩嘉是個輸得起的孩子，這是玩遊戲必備的品德，輸不起，會被人嘲笑。

「你真可愛。」公主笑著說：「我在杜樂麗宮沒人陪，你留下來，我讓你當我的遊戲間總管！」

公主的提議讓尤瑩嘉在接下來的遊戲，輸得更慘。

她一直在想，如果留在這個時代的法國就可以當官耶，那還要回去可能小學讀書嗎？回去？不回去？尤瑩嘉在車廂裡天人交戰。

史強生在前面，陪著貝洛駕車，緊盯前方。

他沒駕過馬車，不，應該說他除了腳踏車以外，還不能駕駛任何車。

但在這兒，貝洛偶爾會把韁繩交給他：「這些皇室白馬，都是挑選過的，很溫馴，絕對不會作怪。」

白馬跑了一夜，累了，於是史強生讓馬慢慢的跑。

他要是能順利回到可能小學，告訴大家，他曾經在法國駕著馬車，還救了國王，這種事講出來，有人會相信嗎？

地是沒有鋪過柏油的泥地，走起來像坐船般，這裡遠離巴黎，後頭也沒有追兵，空氣裡滿是夏日日出後的熱氣，走著走著，史強生覺得昏昏欲睡。

人快睡著了，馬也是，馬越跑越慢，直到貝洛拉了拉史強生。咦？前面出現一座尖塔，看起來像教堂，有幾棟石造黑瓦的屋子。

「蝸牛驛站，」貝洛說，「過了蝸牛驛站，然後穿過夏隆小鎮，那裡有座橋，效忠國王的騎兵就在那兒等著，他們會接手保護國王，我們的責任就告一段落了。」

任務快結束了？他把消息告訴尤瑩嘉，這個可能小學最想贏的女

孩，竟然說：「這麼快啊，不能多留一下嗎？」

史強生多看了她一眼，這是他認識的桌遊社社長尤瑩嘉？社長正跟公主學用撲克牌變魔術，一副樂不思「可能小學」的模樣。

眼前的蝸牛驛站只是幾棟低矮的屋子，前面有幾輛馬車排一列接受檢查。

外頭的士兵，神情緊張，揮手示意要檢查證件。危險的是，兩旁遊手好閒的人太多，他們站在路旁，兩眼緊盯著這輛漂亮的馬車。

沒錯，和其他馬車相較，別人都是兩匹馬拉的小馬車，只有國王的皇家馬車，還是明顯高貴的白馬。這引得路人先是低聲交談，幾個膽子大的甚至靠過來，頻頻往車裡張望。

尤瑩嘉急忙放下撲克牌，把簾子放下來，高溫的天氣，加上車廂不透氣，小王子全身汗流浹背。

「忍耐一下，忍耐一下。」尤瑩嘉不斷安撫小王子。看熱鬧的人正對著車子品頭論足，聲音之大，完全不怕車裡的人聽見。

「這種手工車廂，車上那麼多行李箱，一定是貴族。」有人說。

「你又看過貴族了？」

「這車比鎮長家的車，好上一百倍。」也有人說。

「鎮長那輛一匹馬拉的小車，怎麼跟這車比啊？」

「難道……」有人故意大聲的說：「是巴黎來的流亡分子？」

「流亡分子？」這下外頭聲音更大了。

「巴黎革命鬧得亂哄哄，什麼事都有可能。」

「不能輕易讓他們通過。」那些人從好奇轉為追根究柢，開始拍打車窗：

「喂，喂，喂！」

「你們是從哪裡來的呀？」

「你們走了那麼長的路程，出來透透氣啊！」

甚至還有人誘惑著：

「我有清涼的葡萄酒，來一杯吧！」

「清涼消暑，下車來吧！」

尤瑩嘉聽到頻頻吞口水的聲音，是國王。

蝸牛驛站的驛長來了，他一身藍色制服，神情很嚴肅，幾個人悄聲向他報告，驛長不斷打量馬車。

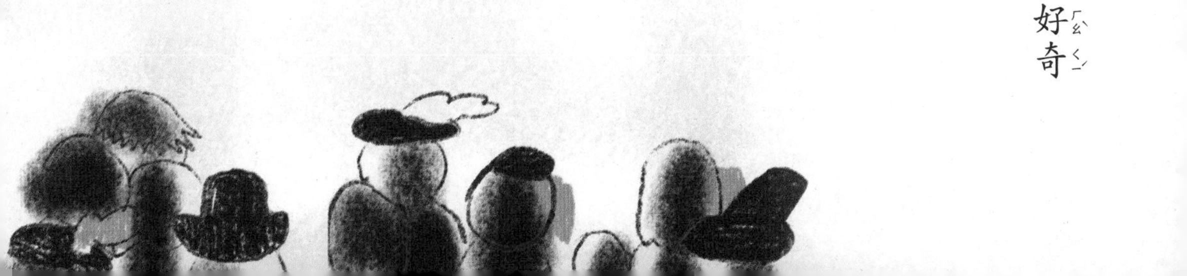

「都到這裡了，該怎麼辦？」史強生腦筋不停的轉，要怎樣讓一輛馬車從很多人的眼前消失？除非變魔術，可是這裡又沒有魔術師……魔術師，他心裡叮的一聲，有了。貝洛是國王的弄臣，弄臣就是小丑，小丑不見得會魔術，但他一定會馬戲團表演。

「馬戲團！」

史強生腦海裡又叮的一聲，突然有個想法，他站了起來，朝大家鞠了個躬，發現有不少人在看他了，他鼓起勇氣：

「親愛的朋友，大家好，好奇是人的天性，各位很想知道我們是誰，對不對？」

「對！」

至少有一半的人回答他。

他的信心大增：「我們是皇家馬戲團，照規定，演員在演出前是不能露臉的，所以靠近窗邊的各位，請往後退。」

「馬戲團？」人們好奇了，安靜了，趴在窗邊的，自動退後一步。

「馬戲團是個什麼東西？」有人問。

講到歷史，這位歷史最強小學生立刻抓住機會了：「史上第一個馬戲團誕生於十八世紀，那是一七六九年於英國倫敦所創立的菲利普・艾特雷馬戲團。而我們的皇家馬戲團，歷史也不遑多讓，我們在一七八〇年成立，只慢了他們十一年，我們的歷史雖然不久，但是馬戲絕對精彩多樣，各位如果有興趣，我們今天晚上會在劇場公演，歡迎大家捧場。」馬戲團的歷史，是他上學期做的社會課作業，現在拿出來，希望能唬唬人。

可惜，底下觀眾不買帳：

「騙人！」

「你只是個孩子！」

「我是馬戲團的主持人！」史強生努力擠出笑容，用一種司儀的

音調宣布：「我在馬戲團裡有不可或缺的地位，那就是對各種偉大的或渺小的歷史特別有研究！」

「怎麼可能呢？」

「小孩懂什麼呢？」

「你大概連馬車都不懂吧？」底下的人笑。

「馬車的歷史嗎？我立刻向大家報告，這輛馬車出廠年分只有三個月，但是上頭的紋飾圖案卻來自上個世紀。各位眼前的蝸牛驛站在一六二四年的夏天建立，那年的天氣特別寒冷，夏天還下了鵝毛大雪，它二樓的龜裂則是在隔年一六二五年形成的，連續兩年的天氣異常，史稱『法蘭西大奇特』，這道小小的痕跡，就是見證了那兩年的怪天氣。」

「哇，你真是太厲害了！」人們滿意了。

史強生其實額頭在冒汗，他哪知道什麼驛站歷史呢，如果那個驛長出來揭穿他……幸好沒有，驛長也聽得頻頻點頭，他猜驛長自己也不知道，於是他又大著膽子往下說：「我旁邊這位，皇家馬戲團第二渺小的人物，小丑先生。」

貝洛很配合的站起來。咦，說也奇怪，他竟然隨身帶了一個紅鼻子，剛套到鼻子上，現場就發出一陣笑聲，貝洛隨便一個搔頭，胡亂擺個姿勢，立刻逗得大家哈哈大笑。

驛站前成了嘉年華會，原先的不友善眼神消失了。

貝洛還會腹語術，他的口袋像個藏寶袋，掏出兩隻公雞的布偶。左右手各戴一隻上去後，把整個演出帶到最高潮，他的嘴巴不動，全靠兩隻公雞在鬥嘴：

「我是母雞貝爾加。」

「我是母雞加爾貝。」

貝爾加和加爾貝跳了一會兒舞，用腹語談了一下戀愛、說個笑話，連史強生都看呆了，原來要當國王的弄臣真的不簡單，難怪貝洛能在這麼短的時間，逗得這些鄉下農夫哈哈大笑。

貝洛在一陣掌聲中鞠了個躬，這下子連疑心病最重的驛長都沒問題了。

「太棒了，太棒了，晚上我們一定去觀看。」驛長下令，打開驛站柵欄，皇家馬車就這樣大搖大擺走過蝸牛驛站。

7 大帝酒店

前面就是小鎮了，只要順著這條筆直的大道，騎兵隊就在橋梁尾端等著他們。

那是國王和王后的自由大道。

剛才在驛站旁的人，仍戀戀不捨，多數的人用跑的，還有幾個人騎著馬，追著馬車。

鎮定，鎮定，鎮定。史強生告訴自己。

「笑，但不要太誇張。」貝洛也吩咐大家。

他想快，但不能快，他讓白馬用散步的速度前進，一副從容不迫的樣子。只是小鎮上的人彷彿都接到通知，要趕來一探究竟。他們緊跟著馬車，拍著馬車，人人都想往裡頭瞧一瞧。

「我們晚上有演出！」貝洛說。

「你們不在夏隆鎮表演一下嗎？」那些人大喊：「停下來，停下來，快停下來啊。」

「我們的表演會來不及。」貝洛不肯，白馬仍在緩緩的向前走著。

車廂裡的國王，自認有個好方法，他打開一個木箱，抓出一大把銀幣，拉開簾子，給每一個接近的人：「來來來，一人一個，我請大家晚上來看馬戲，你們趕快回家去，像個城裡的人一樣，梳洗打扮再來看戲。」

拿到銀幣的人歡喜若狂，沒拿到的人也拚命擠進來。

「給我一枚。」

「給我一枚。」

「一人一枚，大家都有，別擠別擠。」史強生得用力把人推開。

「我也有嗎？」驛長大人也來了，國王親自把銀幣交到他手上：「當然，當然。」

就那一瞬間，驛長接過銀幣，「咦」了一聲。

他停下來，低著頭，似乎遇上什麼困難的事，然後他突然抬起頭，大踏步追上來。

史強生有不祥的預感，他告訴貝洛：「快，快讓馬車跑起來。」

「駕！」貝洛朝白馬下令，只是人潮太多，國王還在窗邊發銀幣呢，人那麼多，拿到的人還想拿第二枚，沒拿到的更是拚了命的往前擠，馬車雖然大，卻陷進人海中，別說跑了，現在根本動彈不得。

「尤瑩嘉，快叫國王停止，別再撒幣了。」史強生喊著。

國王半個身體都快探出窗外了，外頭的人緊緊拉著他的手，他們都想要銀幣，尤瑩嘉和公主簡直像在拔河，他們兩個拉不贏那些想要銀幣的人。

就在這片混亂中，驛長追上來了，他的士兵推開人群，王后高興的喊著：「我們得救了！」

然而，驛長卻是跳上馬車，拉住韁繩，拿著手上的銀幣跟國王仔細比對。

銀幣上有什麼？

史強生抓了一個來看，天哪，那枚銀幣上刻著國王的側臉，而國王現在探出窗外的正是他的側臉啊！

「國王！」驛長大叫的聲音，像是一枚深水炸彈炸開，被士兵趕開的人，像潮水般又回來了。

「他是國王？」他們指著國王，又比對著手裡的銀幣，「他真的是國王！」

「你看他的胖鼻子。」

「還有那下垂的眼睛。」

國王想退回車廂裡，但來不及了，人們高舉著銀幣，像在舉辦什麼銀幣嘉年華會，不管是誰，都能輕易辨認出來，沒錯沒錯，銀幣浮雕的人像，和馬車上的那個人一模一樣。

車廂的門被粗魯的拉開，驛長帶著士兵站在門外，更多的人攔住這八匹白馬，除非白馬能加上翅膀，否則它哪裡也去不了。

驛長說：「法蘭西的國王，請下車吧！」

無數的人簇擁著他們，車廂裡的東西，瞬間被人掠奪一空，那些紅酒、乳酪或麵包，還有王后的禮服與晨袍，史強生護著尤瑩嘉，他們跟著王室成員，被人趕進一間旅館。

大帝酒店，那是旅館的名字。

名字很宏偉，裡頭卻是低矮黑暗骯髒不堪，他們一走進去後，門口就立刻來了幾個拿著長柄草叉的農人看守。他們沿著走道，爬上又

窄又陡的樓梯。上了樓，又是走道，走到最後頭，驛長打開一扇門：「這是大帝酒店的國王套房，國王，恰好符合您的身分。」

他們全被趕進這間套房，門被人從外頭鎖上。

國王像是認了命，坐在床邊的椅子上，自己喝著悶酒，王后坐在另一邊的小沙發，小王子待在她腿上，王后蒙著面紗，看不出表情，以尤瑩嘉對她的了解，她現在應該是在想：要怎麼提升這間酒店的品味。

公主的遊戲盒全放在馬車上了，她手裡只剩一副撲克牌，「擦擦擦擦」，她百般無聊的洗著牌。

「擦擦擦擦。」

「擦擦擦擦。」

「這樣我們的任務就失敗了，怎麼辦？」尤瑩嘉有點不服氣：「我們一定要再找機會逃出去。」

倒是，史強生一進大帝酒店就不停的在觀察，這間破破爛爛的酒店，應該很容易跑出去，只是外頭有那麼多人，跑出去也沒地方躲。

外頭人聲鼎沸，不知道聚集多少人，屋子裡氣溫陡升，讓人滿身大汗。

沒有風，沒有雲，只有酒店四周，人群發出的噪音。喧囂熱切，像氣溫一樣。

突然，外頭的聲音變了，有股騷動的聲音，從遠處傳來，貝洛拉開窗，看了一眼：「騎兵！」

「國王的騎兵？」史強生問。

貝洛凝神看了一會兒，他無法確定，公主衝過來，她踮起腳尖：

「沒錯，是我們的騎兵隊。」

幾十個騎兵，最前面的像是隊長，他們的馬蹄發出輕快的聲響，得兒得兒得兒得兒往大帝酒店而來，街道上的人像潮水般讓出一條路，等騎兵隊伍一過，人潮又把街道給占滿了。

騎兵隊到了酒店下，他們拔出刀，不讓民眾接近酒店。

尤瑩嘉直到這時才覺得安心了。

沒多久，騎兵隊長走進國王套房，恭敬的向國王行了禮，低聲的說：「陛下，您的馬車被暴民破壞了，我可以騰出幾匹馬，趁暴民還沒集結，讓我的部隊保護你們，儘速脫離這裡。」

「你應該把那些無禮的人趕走。」公主建議。

隊長搖搖頭：「暴民太多，要是衝突起來，可能會誤傷很多人。」

貝洛問：「國王，您覺得呢？是不是先離開這裡？」

「這……」國王拿著酒杯，陷入長長的思考，那半杯紅酒在他手裡晃啊晃，他時而仰天，時而低頭……

史強生看看窗外，窗外的人又多了一圈。

尤瑩嘉看看國王，國王依然舉棋不定。

時間繼續滴答滴。

「國王陛下，」隊長畢恭畢敬又問了一次：「您決定『走』，還是『不走』呢？」

「嗯，」國王把假髮拿下來，用力搓搓腦袋，胖胖的臉上漲紅了：「騎馬的時候，子彈會亂飛，我的孩子若碰上匪徒呢？你能保

證，子彈不會打到我的家人？」

「保證？」隊長退了一步，「我保證盡量保護你們的安全。」

「盡量就是無法完全保證，那我要怎麼做出英明的決定呢？」國王喝掉酒，搓了搓臉，最後說：「我們再等等吧，等到更多忠心愛國的援軍到來，那時軍容壯盛，子彈就不會亂飛了！」

國王說到這兒，口大概渴了，他又倒了一大杯酒，正想把它喝掉時，外頭傳來一陣鐘聲，史強生看見，有幾門大炮被人推出來，炮口就對著大帝酒店。

路易十六是誰呢？

路易十六肖像

傳說故事

1789 年 7 月 14 日，法國大革命爆發，
巴士底獄被攻陷，他卻在日記裡寫著：「今日無事。」

身分

- 本名為路易．奧古斯特（Louis-Auguste）
- 法國波旁王朝末代君王，1792 年被廢黜。

事件

- 法國大革命後被送上斷頭臺。
- 國家財政枯竭，加稅沒人支持，被迫召開三級會議，意外引發法國大革命。

喜好

- 被王位耽誤的一代鎖匠。
- 在凡爾賽宮內設有一個工作坊，他常在裡頭研製鎖具。
- 喜愛研究機器，曾改良斷頭臺的設計。

8 他們追來了

「樓上的，快下來幫忙，別讓軍隊造成傷亡！」

「嘿，樓下需要人手，他們快打開缺口了！」

酒店樓下響起許多告急的聲音，原先看守門口的人全都衝下樓去幫忙。

但那些聲音聽起來很熟悉啊，就像……

貝洛，是他的腹語術，他把看守的人全騙出去了。

現在門口只剩下兩個民兵看守，隊長把刀一揮，他們就投降了，貝洛負責綁人，隊長把門踢上，用桌子頂著門，接著推開窗戶，外頭是個小陽臺，跨出去就到屋頂了，底下像是酒店後院，幾個民兵已經被騎兵制住，綁在地上，他們早準備了馬，招手要大家下去。

公主膽子大，她和小王子跳下去，立刻被騎兵接住了，尤瑩嘉遲疑了一下，公主在下面問：「尤瑩嘉，你連這樣都不敢跳？」

「誰說我不敢？」她是再度神奇桌遊社的社長，牙一咬，眼一閉，她跳下去了，幸好有雙手接住她，她睜開眼睛，發現自己坐在一匹黑色的馬上。她抬頭朝史強生招招手，史強生體育好，飛躍下來，恰好就坐在她後頭。

只有國王還在陽臺上踱步，他走來走去，喃喃自語。

「這樣好嗎？」國王好像這麼說。

「這樣不好吧？」國王也好像是這麼說。

尤瑩嘉火大了：「求求你，你就跳下來吧！」

「我應該跳！」國王回頭看著，王后點頭，像在鼓勵他。

「快下來！」史強生和公主喊著。

「可是現在才這麼一點兵力，實在太少了，我們要慎重！」事到臨頭，國王又退縮了。

酒店裡突然傳來一陣「砰」，貝洛擋住的門被人推開了，調虎離山出去的人全跑進國王套房，王后被人抓住了，國王被人圍著，有個人從陽臺跳下來，用力拍著馬屁股：「往前走，千萬別回頭。」

黑馬放開四蹄，衝了出去。

尤瑩嘉覺得那聲音好熟悉，像老胡——他們的社團指導老師。但是她回頭看，卻發現是貝洛，貝洛被追出來的人架住了，他還在大叫：「跑進森林，別回頭。」

這匹馬像是知道他們的想法，全力向前奔跑，尤瑩嘉坐在上頭，像騰雲駕霧般，她回頭，國王和王后被人押進去了，公主的馬則被人們團團圍住了。

只剩他們了。

黑馬跑到長街盡頭，後頭的大地隆隆作響，彷彿整座城的人都追出來了。

「追來了！」

「他們追來了！」

風聲咻咻，尤瑩嘉「哇啦哇啦」的亂吼亂叫，史強生拉緊韁繩，兩腿自然夾緊，那匹黑馬越跑越快，追兵卻越來越近，砰砰砰砰，後頭槍聲大作。

聽到槍聲的同時，馬竄入樹林，前面有兩棵樹形成一道自然的拱門，黑馬撒開四腿，騰空躍進那道門裡。

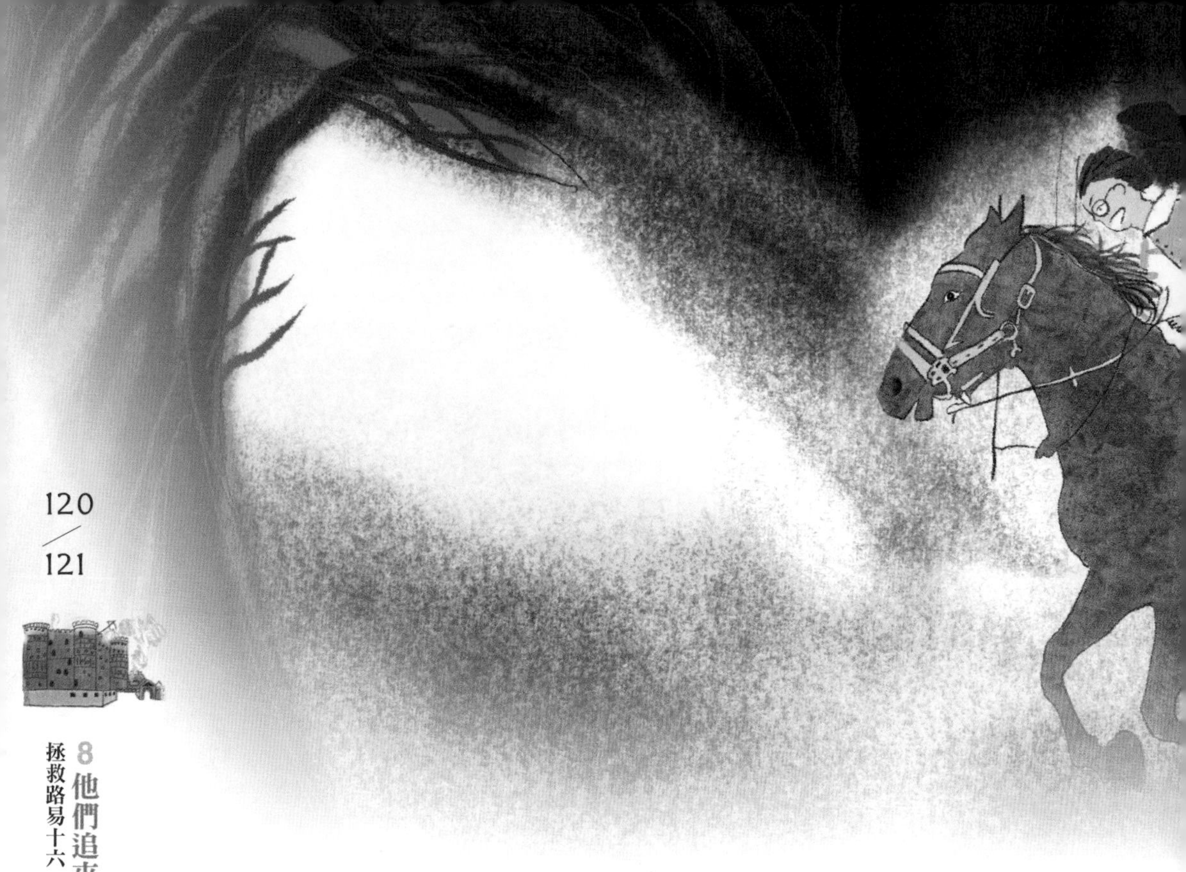

有那麼一瞬間，史強生在空中有一種時間被凍結的感覺，彷彿全世界都停止運轉，只剩這匹馬能移動，旁邊甚至有顆子彈，就和他平行朝往同個方向前進。

那顆子彈在空氣裡，帶動一股氣流，咻咻咻咻的往前而去。

也就在那瞬間，一陣麻癢從他抓著韁繩的手指而來，急速流經全身，一股熟悉的感覺。

時間有多久？

十分之一秒，還是一秒鐘？一分鐘還一小時？

好像過了很久，又好像只有一剎那！

白色閃光，隆隆雷鳴，耳邊有種大型機器滾動的聲音，世界扭曲，空間變換，潑啦，等他感覺時光與空間都回來時，卻發現自己掉進了水裡。

他急忙鑽出水面，感受到光線、空氣、水花，耳邊還有尤瑩嘉尖叫的聲音。

「別開槍啦！」

追兵不見了，森林不見了，黑馬不見了，眼前景象換成水池、歡呼、人群，而且全是和他年紀差不多大的孩子——這裡是可能小學的游泳池。

這怎麼可能？

泳池邊全是人，大家正好奇的望著他們，不斷跟他講話的是賈凡校長：「交流活動還沒開始，你們怎麼先到裡頭游泳了？」

「交流啊？」史強生看看池邊的人，有的穿著可能小學游泳社服裝，有的身上繡著「芋頭」兩字，他想起來了，這是芋頭國小與可能小學的社團交流，桌遊社對上游泳社。

芋頭國小的小朋友，興奮到吱吱叫：「本來沒人的游泳池，突然變出兩個人，真的是……」

他和尤瑩嘉身上的衣服又變回來了，是可能小學藍金色的制服，當他們溼答答走出泳池時，還能聽見後面傳來的聲音：「在可能小學裡，沒有不可能的事，真是太不可能了！」

那陣歡呼，直伴著他們回到「再度神奇桌遊社」。

遊戲桌上，那盒「拯救路易十六」的遊戲盒還在，一切就像他們剛開始玩的樣子，只是，木盒裡的銅珠，已經從入口，移到了出口。

尤瑩嘉俯視那個木盒，杜樂麗宮到巴士底監獄，然後一條小路穿過巴黎，經過雀水農莊，經過了蝸牛驛站，直到大帝酒店。

「你相信嗎？這上頭每一個地點，我們剛才都去過。」尤瑩嘉說。

「我相信，因為我在可能小學裡，而且別忘了，我們差點被一顆子彈打到，我們回來了，可是國王呢？他好像又被抓走了。」

「難道可以再玩一次嗎？」尤瑩嘉把銅球放回入口，她沒感覺到電流，也沒有風亂吹。

「我可不想再玩一次。」史強生把木盒收起來。

「還有公主，好可惜，她真適合來當桌遊社的社長。」尤瑩嘉拿起自己桌上的備忘錄。

□長期目標——社員人數，贏過倒數第二名的奇語花織社。

她今天本來還有事做的。

要是這次交流，能和芋頭國小多聊聊，他們桌遊社的名聲就會不一樣了啊。

可惜，芋頭國小現在游泳池裡。

她嘆口氣，看來想用最快的時間復興桌遊社，還得再等一陣子。

「我相信你。」史強生跟她說話時，桌遊社的大門被人推開來。是他們社團的指導老師——老胡。老胡提著剛烤好的胡椒餅：

「咦，你們把遊戲盒打開啦？你們在哪裡找到鑰匙的？」

「鑰匙是明明就放在盒子上。」史強生急著告訴他：「你知道嗎？我懷疑這個盒子是路易十六設計的，他喜歡製鎖。我看過他有一整箱的鎖頭。」

「嘿，你在做夢嗎？你怎麼可能見過路易十六？」

史強生搶著告訴他：「見過，見過，我們還遇到瑪麗王后……」

「還有貝洛，他個子跟你一樣高，講話也像在說饒舌歌，他是國王的弄臣，咦？」尤瑩嘉說到這兒，狐疑的望著老胡：「你該不會就是那個貝洛吧？」

「我？什麼路易十六的弄臣？這怎麼可能？」

兩個孩子，竟然就像芋頭國小的孩子般，異口同聲的說：「老師，你別忘了，在可能小學裡，沒有不可能的事啊！」

絕對可能會客室

西元1789年7月14日，人民攻陷巴士底監獄，推翻國王路易十六。究竟為什麼法國會發生革命呢？起因都是因為「稅金」。由於法國連年征戰與巨大的宮廷花費，導致法國國庫不足，因此路易十六只得召開三級會議，決定增加徵收稅金，不過，長久以來不公平的徵稅制度早已讓人民苦不堪言，因此人們要求制訂更公平的憲法，並抵制徵稅，一時之間便引發暴動。其間，路易十六企圖逃往奧地利，最後卻被國民公會以通敵罪處死……

主持人：尤瑩嘉、史強生

本次可能來賓：法國路易十六國王

：在可能小學裡，沒有不可能的事，我是主持人尤瑩嘉。

：在可能電臺裡，沒有邀請不到的人，我是主持人史強生。

：歡迎今天的來賓——路易十六國王。

：（一陣空白）國王……國王……

：國王，您快請進來，您怎麼蹲在門前，我們錄音間喇叭鎖有

什麼好看的？

：（聲音很小）這個鎖不一樣，它是十九世紀末期……

：國王，請到這邊，用麥克風。

：（聲音正常）喇叭鎖是美國人萊納斯．耶魯父子，在１８４８～１８６１年之間發明出來的，這種鎖全世界大半的房間都有，只是你們錄音間的這種喇叭鎖更特別，材質選了青銅與鈦合金，裡面的構造我等一下研究……

：國王，您千萬別折了我們的鎖。

：下一個節目的人還要用錄音室啊。

：那我等一下再裝回去好了！

：天哪，國王您……您真的把我們的鎖拆下來了？

：不可以嗎？

：難怪歷史上都說您是鎖痴，跟中國明朝的明熹宗一樣。

：哦，那個什麼宗的，他也跟我一樣，喜歡製造鎖具啊？

：不，他喜歡的是木工，他愛做家具，他製作的床椅特別精巧，花紋彩飾也很漂亮。除了木工，明熹宗還對建築有涉獵，他曾經在皇宮院子裡，親手做小宮殿，皇宮的大型工程他都有參與。

：那我應該去找他，他做好的桌子、櫃子，總要用鎖具，我們中法合作，成果必然可觀。

：親愛的國王，您為什麼對製鎖這麼有興趣啊？

：這還用說嗎？每一把鎖都有自己的個性，我研究別人製的的

鎖，我也自己設計鎖，其實我真正厲害本事是開鎖，在法國，沒有我打不開的鎖。

：國王，您整天忙著製鎖，還有空管理國家嗎？

：管理國家（長長的哈欠），那些人事物，那些戰爭與政治，不累啊？還是鎖裡的世界安靜，從無到有，慢慢的鑽研，那種樂趣，你們懂不懂？

：不懂！

：不知道國王這一生，最後悔什麼事？會不會是您研究那個斷頭……

：尤瑩嘉，這個問題不能問！

：沒事，沒事，你們說的是斷頭那件事嘛，法國早期的斷頭臺

設計實在不良，下刀慢，刀鋒用的材質也不佳，身為法國的國王，見到如此糟糕的製品，我當然要貢獻一己之長，雖然它最後用在我自己的頭上……

：國王請原諒她的無心之過。

：沒關係，你們不是有句俗話嗎？什麼伸頭一刀，縮頭一刀的，不管國王、王子還是奴隸、平民，早晚都要去見上帝的，我只是提前一點點。你們剛才問我這輩子最後悔的事，我想就是我不該接國王這個職位。

：我本來是想說您對革命黨人抓您的事……

：你想……如果我不是國王，而是巴黎街頭的一名鎖匠，革命的事就跟我沒關係，三級會議召不召開我也不用管，對了，

還有國庫，那個被歷代祖先揮霍完的空虛國庫我更不用理，我只要想這個鎖該怎麼製作，打開了之後會有什麼機關，那多讓人著迷啊，你們知道嗎？我曾經做過一個鎖，它的鑰匙是噴火龍的尾巴，打開之後，那條噴火龍就會從嘴巴跳出一朵鮮豔的玫瑰花，那可是我最愛的一把鎖了。

：您下令召開三級會議，想加稅卻引起法國大革命，當初要是沒下令，是不是革命就不會爆發了？

：這種事只能問上帝了。你們看，我的頭都斷了，還能再接回去嗎？

：您夫人呢？大家都說她愛花錢，每天辦舞會，花錢訂購華麗的衣服、玩樂和宴會，說她是赤字王后。

：（有點生氣）她是王后，她從奧地利遠嫁到法國來，連法語都不太會說，她不玩，又何必當王后，再說，她再會花錢，也不會把國家預算花成赤字。

：中國古代有個晉惠帝，有天大臣跟他報告，老百姓沒飯吃了，晉惠帝就笑嘻嘻的說，他們為什麼不吃肉呢？聽說人家跟您夫人說，老百姓窮到沒麵包吃了，王后也說，沒麵包吃，為什麼不吃蛋糕呢，就因為這句話，引起大革命。

：（更激動）胡說，這是八卦、流言、不負責任的謊話，我的王后從沒這麼說過，這些話都是革命黨人想要加諸給我們的罪行。我也想讓法國更好，但是國家傳到我手上時，國庫早就負債累累了，要人民加稅，那些貴族、教士和平民又結合

在一起，好啦，弄個大革命，所有的人都平等了，（氣呼呼，提高音量）這下貴族、教士們應該滿意了吧？

：國王，國王您別扯麥克風啊……

：我只是（深呼吸），我只是覺得這個麥克風的構造，嘿……不太對。

：國王，那您也不要拔我們的麥克風啊！

：我只是想讓它的性能更好，咦，它這個線接這個開關……

嘰……

嘰……

：國王，請不要再拆我們的錄音設備了，學校會要我們賠……

嘰……

嘰……

：各位聽眾不好意思，今天錄音的節目突然中斷，那全是因為有一位特別來賓亂拔錄音設備被電到了，現在尤瑩嘉已經陪他坐救護車走了，不好意思，我也得下線了，各位別忘了下週，繼續收聽我們的節目喔！

作者的話

回到讓世界天翻地覆轉變的瞬間

在可能小學裡，沒有不可能的事。

頭一回寫這套書，還是我當導師的時期，那時班上的孩子，每次月考，其他科都還好，社會卻一考就倒。上社會課的主任很認真，一堂課四十分鐘，他幾乎沒休息的講故事、舉例子，奈何多半的小朋友因為背景知識不足，很多地方沒去過，大半人名沒聽過，一上社會課就去夢裡向周公請益。

我因此興起一個念頭：把社會教室搬到歷史中。

跟乾隆下江南，看京杭運河的運作；跟岑參遊玉門關，看看唐朝選拔美女；進金字塔了解古埃及文化，到羅馬競技場看看角鬥士怎麼訓練……

聽起來熱血，寫起來也很過癮。
可能小學因此誕生，而且寫得欲罷不能。
只是，我們身處的社會，並不是一直這樣的。
往前也不過一百多年前的世界，還有皇帝；而兩百多年前的世界，沒有機器。再往前一點，歐洲中古時代，宗教牢牢的控制人們的思想，那時的人們，相信地球是平的，想買一點胡椒，要花好多錢。
從遠古到那個年代，世界變化沒那麼快，人們日出而做日落而息，相信今天和明天都一樣。
後來，發生什麼事情，讓世界有了天翻地覆的轉變，我們變成現在的我們？
〈可能小學的西洋文明任務II〉系列，就把目光對準那段時間。
十五～十七世紀的航海時期與地理大發現時代，和我們很有關連，「福爾摩沙」的名稱是經過臺灣的葡萄牙水手喊出來的，荷蘭人甚至在臺南建立熱蘭遮城，把臺灣的水鹿皮賣到日本，將南洋香料載回去。
地理大發現，從葡萄牙的亨利王子開始，他設立世界第一所航海學校，改良

海船，鼓勵葡萄牙人往外探險。那時，數百人的船隊出門，要忍受海上孤獨，因為水果青菜攝取不足，敗血症的威脅時時都在，加上暴風巨浪、未知世界的挑戰，幾百人的船隊，回來往往只有數十人。

但也幸好有他們，地球的空白地區被人「發現」了，東西南北的交通便利了，奇花異果和香料，再也不是貴族的專利品。

如果能回到大航海時代，會怎麼樣？

大家都喜歡文藝復興，羅浮宮蒙娜麗莎的微笑、佛羅倫斯的大衛像，都是當時留下的作品，文藝復興源自義大利的佛羅倫斯，那時的梅第奇家族，既是銀行家，也是佛羅倫斯的掌權者，聖母百花大教堂就是他們家族出資興建，除了教堂，他們還支持種種藝術活動，文藝復興三傑達文西、米開朗基羅與拉斐爾，能創作出那麼多好作品，和他們家族的關係都很深。

但是，文藝復興真的那麼美嗎？

跟著可能小學，回到那時大衛像剛刻好，準備運到皇宮前，米開朗基羅即將進入人生的高光時刻，但是他曾經的仇家找上門，委託他雕刻的主教大人有意見，而維持秩序的公爵大人是收保護費的，要是他撤兵，佛羅倫斯就會引來外患……

回到文藝復興時代去走走，小朋友會發現：打開歷史來看看，有這麼多意想不到的驚奇。

二百多年前，法國還是君主專政，歷任的國王彷彿都是天選之人，就像我們相信皇帝是「上天的兒子」，他們一代傳一代，負責管理人民。

直到法國大革命打破階級制度，證明管理人們的國王其實也是人。以往高人一等的貴族，當然更是人。

平凡的百姓向統治階層發出怒火，人人平等，我們不要再被你們剝削了。革命的浪潮，向世界各地湧去，各地的國王、皇帝和大公們，走下王座（龍椅），走入人群，這才有了我們現在的民主制度。

還有還有，蹦奇蹦奇駛來的蒸汽火車，加速工業革命的進步，在那個熱火朝天機器隆隆作響的年代，人們把「時間就是金錢」掛在嘴邊，機器取代人力，煙囪冒出來的濃煙，象徵一個新時代的開始。

如果沒有工業革命，說不定現在的孩子，依然在農場、莊園裡工作。還好有了工業革命，商品變便宜了；還好有了地理大發現，生產的東西可以送到世界各地；還好有了法國大革命，我們一人一票選總統，世界再也不是國王說了算；還好有了文藝復興，人們開始注意到我們生而為人，把目光放在怎樣讓人能做更好的人。

穿越時空，回到那些變動劇烈的時代，除了佩服前人的努力，孩子們更能珍惜我們現在擁有的一切，知道它們得來不易，因此更值得好好珍惜！

歡迎跟著可能小學的腳步，我們一起回到那些年代！

可能小學的西洋文明任務 II ———— 3

拯救路易十六

作者｜王文華
繪者｜李恩

責任編輯｜楊琇珊
封面設計｜也是文創有限公司
電腦排版｜中原造像股份有限公司
行銷企劃｜洪筱筑

天下雜誌群創辦人｜殷允芃
董事長兼執行長｜何琦瑜
媒體暨產品事業群
總經理｜游玉雪
副總經理｜林彥傑
總編輯｜林欣靜
行銷總監｜林育菁
主編｜李幼婷
版權主任｜何晨瑋、黃微真

出版者｜親子天下股份有限公司
地址｜台北市 104 建國北路一段 96 號 4 樓
電話｜（02）2509-2800　傳真｜（02）2509-2462
網址｜ www.parenting.com.tw
讀者服務專線｜（02）2662-0332　週一～週五：09:00~17:30
傳真｜（02）2662-6048　客服信箱｜ parenting@cw.com.tw
法律顧問｜台英國際商務法律事務所・羅明通律師
製版印刷｜中原造像股份有限公司
總經銷｜大和圖書有限公司　電話：（02）8990-2588
出版日期｜ 2023 年 9 月第一版第一次印行
定價｜ 350 元
書號｜ BKKCE035P
ISBN ｜ 978-626-305-565-0（平裝）

訂購服務
親子天下 Shopping ｜ shopping.parenting.com.tw
海外・大量訂購｜ parenting@cw.com.tw
書香花園｜台北市建國北路二段 6 巷 11 號　電話（02）2506-1635
劃撥帳號｜ 50331356 親子天下股份有限公司

國家圖書館出版品預行編目資料

拯救路易十六／王文華文；李恩圖．-- 第一版．--
臺北市：親子天下股份有限公司, 2023.09
144 面；17X22 公分．--（可能小學的西洋文明任務．II；3）
國語注音
ISBN 978-626-305-565-0（平裝）
863.596　112012990

P51 ©Marie-Antoinette, 1775 - Musée Antoine Lécuyer After Jean-Baptiste André Gautier-Dagoty - Unknown source, Public Domain, Wiki Commons

P67 ©Ouverture des États généraux de 1789 à Versailles, détail d'une peinture d'Auguste Couder (1836) 奧古斯特・考德 (1789–1873), Public Domain, Wiki Commons

P77 ©Ludvig XVI av Frankrike porträtterad av AF Callet Antoine-François Callet - original file version from sv.wikipedia.org: 6 februari 2004 kl.23.36 . . Den fjättrade ankan . . 287x461 (33437 bytes) (Porträtt av A.F. Callet (1741-1823)), Public Domain, Wiki Commons

P115 ©Unidentified painter - L'Histoire par l'image, Public Domain, Wiki Commons